KLAUS ZEH
DER TOD UND DIE FRAU

Das Leben hat es gut mit ihm gemeint – oder etwa nicht? Seine letzten drei Tage verbringt er auf einer Insel, auf der er noch einmal wiederfinden möchte, was er für immer verloren hat.

Ein ergreifendes Buch über Abschied und Liebe. Über Verlust und Lebenssinn.

Klaus Zeh, Jahrgang 1965, ist Schriftsteller, Musiker und Liedermacher. Er lebt in Reutlingen. Klaus Zeh wird »der Meister der literarischen Skizze« genannt. Bezeichnend ist ebenso seine außergewöhnliche Themenwahl.
Seit 2015 setzt er sich künstlerisch und privat gegen Menschenhandel, Zwangsprostitution und sexuelle Gewalt an Kindern ein. Er ist Gründer der Initiative Kunst.GEGEN.Kinderhandel und Fördermitglied bei diversen Menschenrechts- und Umweltorganisationen.

Schon zu Beginn seiner schriftstellerischen Tätigkeit hat sich der Autor gegen die Veröffentlichung im herkömmlichen Verlagswesen entschieden. Ihm ist es ein großes Anliegen, seine künstlerische Unabhängigkeit sowie die Rechte an seinen Werken zu behalten.

Auf Instagram und Facebook finden Sie Klaus Zeh unter:
klauszeh.autor

Alle Werke des Autors sind auf der letzten Buchseite verzeichnet.

# Der Tod und die Frau

Klaus Zeh

**Bibliographische Information der Deutschen Nationalbibliothek:**
Die Deutsche Nationalbibliothek verzeichnet diese Publikation in der Deutschen Nationalbiblio-
graphie; detaillierte bibliographische Daten sind im Internet über
http://dnb.d-nb.de abrufbar.
© 2023 Klaus Zeh
Herstellung und Verlag: BoD – Books on Demand, Norderstedt
Layout und Umschlaggestaltung: Adeline
Alle Rechte vorbehalten
ISBN: 9783757886493

*Für Carmen,
die zu früh Gegangene.*

*In bleibender Erinnerung.*

Das dunkle Wasser, tausendäugig,
schlägt die Wimper von weißer Gischt auf,
um dich anzusehen, groß und lang,
dreißig Tage lang.

*Ingeborg Bachmann*

Wenn es zu Fall kommt,
Dann fällt es wie es steht,
Das Gras im Garten ...

*Ryôkan*

*Erster Tag*

## Die Ankunft

Als er den Stich zum kleinen Hafen hinunterfährt, sieht er die graue Glocke aus Dunst und Nebel über dem Wasser schweben.

Düster und unheimlich wirkt es auf ihn.
Trostlos fast.

Das sehr stille Wasser glänzt metallisch. Wie ein blinder Spiegel liegt es da.
Alles wirkt zu kalt für die Jahreszeit. Für Ende September.
Aber vielleicht erscheint es ihm auch nur so. Vielleicht ist es nur sein eigenes Gefühl, das er ins Außen überträgt.

Als er an den mächtigen, knorrigen, sehr alten Uferweiden entlangfährt, überkommt ihn ein großes Gefühl der Wehmut.

Doch er will nicht daran denken, nicht jetzt.
So viel liegt noch vor ihm, das er bewältigen muss. Er darf nicht jetzt schon straucheln oder gar scheitern, noch nicht einmal richtig angekommen.
Er nimmt also den Blick wieder von den Bäumen.

Und vom Wasser.

Fast ein wenig zu schnell fährt er auf den Hotelparkplatz.
Die Gäste auf der großen Terrasse blicken herüber.

Er spürt, dass er errötet unter ihren neugierigen und vorwurfsvollen Blicken.
An der Rezeption trifft er auf die Chefin des Hauses.
Lieber wäre ihm gewesen, eine unbekannte Person anzutreffen, nicht sofort erkannt zu werden.

Sie freut sich überschwänglich ihn zu sehen, nachdem man sich im vergangenen Jahr ja leider nicht gesehen habe. Bei dem Wörtchen „leider" verweilt sie einen Augenblick. Ein bisschen zu lange, für seinen Geschmack.
Sie erkundigt sich nach der Frau Gemahlin.
Er schweigt.
Wieder errötet er.

Von ihrem Blick verfolgt nimmt er seine Reisetasche und geht zum Treppenaufgang.
Eigentlich würde er in die zweite Etage lieber mit dem Aufzug fahren, doch er hat Emilias Worte im Ohr, dass jeder Schritt, den man tun könne, es jedoch unterlasse, sich irgendwann aufs Übelste rächen wird.

Er weiß nicht so recht, ob sie das wörtlich oder nur im übertragenen Sinne gemeint hat.
Danach gefragt hat er sie nie.
Ganz bewusst nicht.

Manches sollte rätselhaft bleiben.

Erst jetzt bemerkt er das verstohlene Grinsen, das sich in seinem rechten Mundwinkel verbirgt. Trotz des unangenehmen Geruchs gebratenen Fisches, der störend in der Hotelluft hängt. Wohl vom Mittagsmenü.

Wie das kleine Hotel sich Mühe gibt, maritimes Flair zu verbreiten, denkt er wieder einmal amüsiert.
Marineblaue Teppiche, auch auf den Treppen.

Aquarelle an den Wänden:
Segelboote, meist hart am Wind. Stürmische Gewässer.
Schief hängende bedrohliche Himmel, in sattem Tiepolo-
blau und Indigo.
Melancholische Stimmungen zwischen den Rahmen.

Das käme von den Aquarellfarben, meinte Emilia.
Da könne man tun, was man wolle, diese Farben erzeugen
einfach eine gewisse Traurigkeit.
Selbst die heitersten Sommeraquarelle bedrückten sie. Deshalb hängen bei ihnen zuhause auch nur Ölgemälde.

Und dann die alten Steuerräder ausgemusterter Schiffe,
überall in den Hotelfluren.
Leinen und Schnüre, kunstvoll drapiert, als Dekoration im
Treppenhaus. Echtes Segeltuch als Vorhänge an den schma-
len, scheinbar immer frisch gestrichenen Holzfenstern.
Bemüht, aber liebevoll, mit Sinn fürs Detail.

Ganz nach Emilias Geschmack, denkt er und wundert sich
zugleich, dass er sie jetzt bei ihrem richtigen Namen nennt
und keine Abwandlungen oder Koseformen mehr verwen-
det.
Wie früher.
Etwa Emely oder Lia.

Schwer atmend gelangt er in den zweiten Stock.
Er hält inne. Das ist ihr Zimmer!
Wie viele Jahre sind sie beide eigentlich hierher gekommen,
fragt er sich.
Dreiundzwanzig?
Oder waren es sogar dreiunddreißig?

Was spielt es noch für eine Rolle, jetzt, da er alleine vor dieser Türe steht.

Es könnten auch dreiundvierzig oder sogar dreiundfünfzig Jahre gewesen sein.
Schmelzen uns die Jahre und Jahrzehnte im Alter nicht zu einem einzigen Klumpen Erinnerung zusammen?
Noch dazu, wenn wir auf etwas Vergangenes, uns abhanden Gekommenes oder gar Entrissenes zurückblicken.

Unmöglich, die Anzahl der Jahre zu überblicken und das Gewicht der Dekaden zu ermessen.
Absolut unmöglich, diese unfassbar vielen Augenblicke und Begebenheiten, die unzähligen Ereignisse und Taten wie auf einer Perlenschnur aufzureihen.
Und viele, all zu viele vergessen wir einfach.

Wenn sie irgendwo als Abdrücke, als Spur, in unserer Seele zu finden wären, wüssten wir, wo wir suchen sollten?
Läuft im Augenblick unseres Todes tatsächlich unser ganzes Leben wie ein Film vor unserem inneren Auge ab?
Viel Zeit bleibt da nicht für diesen Film, bei dem immensen Klumpen Erinnerung, denkt er abfällig. Und ist jetzt bereit, die Türe zu öffnen und einzutreten.

Er kennt den Geruch des Zimmers gut.
*Ihres* Zimmers.

Obwohl so viele verschiedene Menschen diesen Raum immer wieder mit ihren Gerüchen und Ausdünstungen kontaminieren, riecht es doch auf seine eigene unverkennbare Art nach sich selbst.
Und darüber ist er froh.
Doch schon der erste Schritt hinein löst eine Beklemmung in ihm aus.
Als er vor dem Bett steht, fällt ihm die Reisetasche aus der Hand und er lässt sich müde auf die Matratze sinken.

Immer, wenn sie beide hier ankamen, Emilia und er, packte sie zuerst den Koffer aus.

Sie hatten stets nur einen Einzigen dabei. Er reichte für sie beide.

Während sie die Kleidung in den Schrank und die Kosmetikartikel ins Badezimmer räumte, suchte er einen geeigneten Platz für seine Bücher, von denen er jedes Mal viel zu viele in seinem Rucksack dabei hatte.

Seit er selbst Autor einiger Fachbücher war, las er mehr als je zuvor.

Jedoch seit fast einem Jahr liest er gar nicht mehr.

Er fragt sich erneut, wann sie beide das erste Mal auf der Insel und in diesem Hotel waren.

Es muss wohl Mitte der Neunziger Jahre gewesen sein, vermutet er.

Die amerikanische Gesundheitsbehörde hatte ihm gerade ein Angebot gemacht.

Einen Fünfjahresvertrag für ein Honorar von fünf Millionen Dollar.

Allerdings mit der Klausel, seine Forschungsergebnisse auch anderweitig verwenden zu dürfen.

Was das zu bedeuten hat, weiß man ja.

Emilia hatte geradezu insistiert, dieses Angebot abzulehnen.

Emilia, die erklärte Achtundsechzigerin.

Die es für Zivilcourage gehalten hatte, als Teenagerin an Zeitungsständen sämtliche Ausgaben der Bildzeitung zu verbrennen. Ihr Glück war, dass sie damals noch keine Vierzehn gewesen war, als sie dabei erwischt wurde.

Emilia, die sich, nach eigenen Angaben, später zusammen mit Heinrich Böll an Zuggleise ketten ließ, um Widerstand zu leisten gegen den weiteren Bau von Atomkraftwerken.

Er hatte völlig verblüfft nachgefragt, ob „mit" Heinrich Böll oder „wegen" ihm. Sie hatte ihn angeblafft, er solle nicht so kleingläubig sein – natürlich MIT ihm.

Als er erwidert hatte, er hätte sie nie auf einem Foto neben Böll gesehen, meinte sie nur, er sei ein verdammter Spießer und dieses Land sei nur deshalb so verweichlicht, weil es Promenadenmischungen wie ihn gäbe.

Bei dem Wort „Promenadenmischung" schmunzelte sie.

Emilia, die ungefähr zehn Jahre später in Frankfurt an der Oder an einem Parteibüro der Republikaner sämtliche Wände mit schwarzer Farbe und unflätigen Beschimpfungen beschmiert hatte.

Ihr Glück war, dass sie dabei *nicht* erwischt wurde, denn das hätte wohl zu einer Haftstrafe geführt. Zumindest aber zu einer ordentlichen Geldstrafe.

Emilia, die schon sehr früh gewusst hatte, wie man Molotow Cocktails baut und der RAF, zumindest eine Zeitlang, gefährlich nahe stand.

Als die Amis mit ihrem Angebot in ihr gemeinsames Leben traten, meinte sie aufbrausend, er könne nicht für ein westliches Land forschen, das Foltergefängnisse betreibe und sich immer wieder und völlig schamlos als Kriegstreiber-Nation offenbare.

Er würde der Krebsforschung hierzulande besser dienen können, als in Übersee bei diesen Wölfen im Schafspelz.

Schließlich hatte er abgelehnt.

Sie war stolz auf ihn und seine Entscheidung. Aber das lag schon lange zurück.

Das waren ihre turbulenten Jahre. Emilias Sturm- und Drangzeit, wie er oftmals betonte.

Diese Stürme hatten sich zwar längst gelegt, als sie begannen, hierher auf die Insel zu reisen, doch Emilia hatte ihre Überzeugung nie abgelegt. Sie war eine stolze Frau mit festen Ansichten.
Die es liebte, hierher zu fahren und ein paar Tage die Seele baumeln zu lassen. Weit weg von seinem Labor und ihren Artikeln.

Er blickt sich verloren im Zimmer um.
Es soll noch immer eine Kajüte darstellen. Doch man benötigt schon einige Fantasie, wie er findet, um sich wie ein Seefahrer in seiner Kajüte zu fühlen.
Was ihm fehlt. Fantasie ist nicht gerade seine Stärke.
Emilia hat genügend davon.

*Hatte*, verbessert er sich.

Immer, wenn sie mit Aus- und Einräumen fertig waren, öffneten sie ein Fläschchen Sekt aus der Mini-Bar und stießen lächelnd mit Pappbechern an.
Er lässt den Kühlschrank heute unberührt.
Stattdessen räumt er mit unbeholfenen und schwerfälligen Bewegungen die wenigen Kleidungsstücke aus der Reisetasche in den Kleiderschrank.

Er legt sie äußerst sorgfältig hinein, drapiert sie geradezu.
Offenbar ein Überbleibsel seiner Militärzeit, hat Emilia einmal augenzwinkernd bemerkt. Doch die fünf Jahre beim Militär lagen schon mehr als ein halbes Leben zurück.
Sie wusste, dass es ein Wesenszug von ihm war und kein Militär-Drill.

Zuletzt öffnet er den Reißverschluss eines Außenfaches seiner Reisetasche und holt ein kleines Fläschchen heraus.
Der Flakon ist aus bräunlichem Glas und unbeschriftet.

Er blickt es einen Moment an, prüft den Verschluss und versteckt es dann hinter den Pullovern, die er eben in den Kleiderschrank geräumt hat.

Einer anderen Außentasche entnimmt er eine eingerahmte Fotografie von Emilia und stellt sie auf das kniehohe hölzerne Fass, das als Nachttisch fungiert.

Nachdenklich betrachtet er sie.

Er weiß nicht, wie lange er das Foto angeblickt hat, als es an der Türe klopft.

Erschrocken springt er auf und versteckt sich im Badezimmer.

Dort wartet er ab.

Wer auch immer vor der Türe steht, soll verschwinden.

Durch das Milchglasfenster des Badezimmers sieht er draußen allmählich das Tageslicht schwinden.

Er setzt sich auf den Toilettendeckel, wartet und verfällt in Grübeleien. Als er das Badezimmer wieder verlässt, liegt das Zimmer im Halbdunkel.

In einer Art Zwielicht, in dem sich lediglich die Konturen der Möbel abbilden.

Überall nur Geruch und Schatten.

Er überlegt, ob er noch einen Spaziergang machen, sich ein wenig die Beine vertreten soll?

Die letzten Spiegelungen des Himmels auf dem Wasser beobachten. Den Schwänen nachblicken.

Doch sofort kommt ihm der Gedanke absurd vor.

Wozu sollte er.

Waren das nicht stets Emilias Ideen und Wünsche?

Seit Monaten hat er keinen Spaziergang mehr gemacht. Oder etwas unternommen.

Und ein Schwanenpaar beobachten ... alles, nur das nicht.

Er legt sich angekleidet aufs Bett. Behält sogar die Schuhe an.
Emilia würde protestieren. Er hört ihren Prostest förmlich.
Ihre Stimme. Sie schallt durch den Raum. Als würde sie direkt vor dem Bett stehen und ihn schelten.

Er spürt Tränen in seinen Augen.
Und, was für ein Segen, einen Anflug von Müdigkeit.

# *Zweiter Tag*

**Der Besuch**

Er erwacht vom Klopfen an der Türe.

Einen Moment!, ruft er.
Ein Reflex, verdammter Mist.
Man soll ihn in Ruhe lassen.

Was jetzt?

Innerlich fluchend erhebt er sich und ruft noch einmal. Er
huscht ins Badezimmer und wäscht sich das Gesicht mit
kaltem Wasser.
Dann öffnet er.

Vor der Türe steht Liljana, das Zimmermädchen. Sie lächelt
ihn unsicher an.
Er kennt sie seit Jahren. Seit sie hierher kommen.
Emilia hat oft mit ihr gesprochen.
Und, soweit er weiß, ihr in einer sehr persönlichen Angele-
genheit einmal weitergeholfen.
Irgendein Problem mit ihrem Jungen. Emilia hat Still-
schweigen darüber bewahrt. Liljana hatte sie darum gebe-
ten.

Sie wünscht ihm einen guten Morgen.
Irritiert fragt er nach der Uhrzeit und erfährt, dass es schon
halb zehn ist.
So lange hat er seit Monaten nicht mehr geschlafen.
Nicht einmal mit Schlaftabletten.

Sie mustert ihn besorgt und erkundigt sich nach seiner Frau.
Sich räuspernd bittet er sie herein.
Sie blickt den Flur entlang, bevor sie eintritt und blickt ihn fragend an.
Nehmen Sie Platz, sagt er förmlich.

Mit ein wenig Unbehagen setzt sie sich. Man merkt ihr an, dass sie normalerweise nicht zu Gästen ins Zimmer tritt.
Und vermutlich schon gar nicht zu männlichen.
Er setzt sich ihr gegenüber und atmet nervös.
Ich muss Ihnen etwas sagen, beginnt er.
Ihr Blick verändert sich.

Meine Frau ... sie ist ... verstorben.

Er hört seiner eigenen Stimme zu, findet ihren Klang seltsam, sonor und fremd.
Für einen Moment ist es tatsächlich die Stimme eines Fremden.

Liljana wird kreidebleich.
Sie legt die Hand auf den Mund und beginnt zu weinen. Er hört ihr Schluchzen. Sieht ihre Schultern beben.
Mit der linken Hand umklammert sie die Armlehne.

Er will ihr tröstend die Hand auf die Schulter legen, aber unterlässt es. Noch nie hat er sie berührt. Sie haben sich auch noch nie die Hand gereicht.
Emilia und sie haben sich zur Begrüßung und Verabschiedung stets umarmt.

Er möchte keinen Körperkontakt zu anderen Frauen.
Auch jetzt nicht.
Jetzt erst recht nicht!

Manchmal spürt er noch Emilias Berührungen auf seiner Haut. Manchmal ihren Kuss.
Jedoch manchmal nur.
Es wird weniger.

Die Erinnerung daran verflüchtigt sich.
Wie Nebel.
Nein, wie Duft.

Doch er will sie festhalten.

Erinnert sich bewusst daran, immer wieder, sodass sie ihm nicht entgleitet.
Weder die Erinnerung noch Emilia.
Aber wie könnte er *sie* vergessen – die Liebe seines Lebens.
Diese Sorge macht er sich wohl vergebens.

Sie wird in seinem Herzen bleiben.
Für immer.

Er ruft sich ihre Stimme, ihren Klang, ins Gedächtnis. Das etwas dunkle Timbre.
Die Wochen nach ihrem Tod hat er ihre Ansage auf dem Anrufbeantworter immer und immer wieder angehört.
Doch dann, irgendwann, in einem Anflug von Verzweiflung gelöscht.

Jetzt hasst er sich dafür.
Es war die einzige Tonaufnahme, die es von ihr gab.
Und jetzt ist er deshalb völlig verzweifelt.

Liljana beruhigt sich allmählich.
Es tut mir sehr leid, sagt sie leise, und blickt ihn mit ihren hellen wässrigen Augen besorgt an.
Nein, das ist mehr als Sorge, denkt er, das ist … was ist es denn überhaupt, was er in ihren Augen entdeckt?

Ist es Angst?

Aber ja, sie blickt ihn ängstlich an.

Sie müssen auf sich aufpassen, sagt sie.
Wieder einmal wundert er sich, dass sie so gut wie akzentfrei deutsch spricht.
Er nickt.
Ich meine es so, sagt sie mit Nachdruck, bitte.
Wieder nickt er nur.

Er will sich jetzt nicht auf ein solches Gespräch einlassen.
Die Kraft und die Geduld dafür hat er nicht.
Sie erhebt sich und nimmt seine rechte Hand in ihre Hände.
Sie müssen auf sich aufpassen, sagt sie noch einmal und blickt ihn lange und eindringlich an.

Das alles ist ihm sehr unangenehm.

Es ist ein schmaler Grad zwischen freundschaftlicher Fürsorge und aufdringlicher Einmischung, denkt er, nickt beiläufig und geht zur Türe.
Beinahe ein wenig unwirsch öffnet er sie für Liljana und wünscht ihr noch einen schönen Tag.

Endlich, denkt er, und verharrt einige Augenblicke an das kühle Türholz gelehnt.
Irgendwann nimmt er nur noch seinen Atem wahr. Das Heben und Senken seines Brustkorbs.
Die leichte Übelkeit im Magen, von den Tabletten.
Den schmerzenden Ischiasnerv.

Und die Stimme in seinem Kopf, die immerzu ihren Namen psalmodiert:
Emilia.

Als er annimmt, dass Liljana sich nicht mehr auf der Etage befindet, verlässt er das Zimmer und betritt den Fahrstuhl.
Der Frühstückssaal ist zum Glück nicht mehr überfüllt. Die Frühaufsteher sind schon fertig und längst wieder abgezogen.
Er hasst es, fremden Leuten beim Essen zuschauen zu müssen.
Aber noch mehr hasst er es, wenn er selbst beim Essen beobachtet wird.

Manche Menschen schieben, bevor sie sich Löffel oder Gabel in den Mund stecken, die Zunge hervor. Nahrungsbrei wird sichtbar. Unangenehm, das zu beobachten.
Und er selbst will in solch einer peinlichen Situation erst recht nicht betrachtet werden.

Ebenso nicht wie weinend.
Je heftiger der Heulkrampf ist, umso verzerrter und unansehnlicher wird das menschliche Gesicht, findet er. Er hat sich nicht einmal getraut, vor Emilia zu weinen. Aber hat ihr tatsächlich nie erzählt, weshalb nicht.

Er brüht sich am blank polierten Samowar grünen Tee auf.
Füllt eine Schale mit Obst am Frühstücksbuffet, legt zwei Scheiben dunkles Brot, zwei Scheiben Käse, ein hartgekochtes Ei und ein Croissant auf seinen Teller, und setzt sich an einen leeren Tisch an der breiten Fensterfront.
Die immense Glasfront ist wie immer frisch geputzt.

Auf dem Wasser funkelt verschwenderisch die Morgensonne. Ein regelrechter Lichttanz.
Überall silbern funkelnde Gischt.
Sie beide haben diese Stimmung auf der Insel geliebt.
Dieses Naturschauspiel.

Er wendet den Blick wieder ab.

Schaut sich um und schmunzelt über das Interieur.

Der Speisesaal gibt sich große Mühe wie eine Schiffsmesse zu wirken.

Emilia fand es reizend. Hat sogar eine Fotoserie vom Hotel geschossen.

Fast hätte es eines davon auf eine Inselpostkarte geschafft.

Doch dann wurde das Bild einer hiesigen Malerin dafür genommen.

Die Fotografie ersetzt eben nicht die Malerei, hatte sie gesagt.

Nur drei, vier Tische sind besetzt.

Zwei Paare, in ihre Morgenlektüre vertieft.

Beide Männer lesen die Bildzeitung, wie schauderhaft. Gibt es überhaupt noch ein paar Menschen, die etwas Gehobeneres lesen?

Echte Literatur?

Hier eine Frau mit reichlich aufgetragenem Parfum und blondierten Haaren, dort ein Geschäftsmann im Anzug, der auf seinem Handy herumstreicht. Das wars.

Niemand interessiert sich für ihn.

Aber das ist gut so.

Er nimmt hin und wieder einen kleinen Schluck Tee und schält das Ei.

Grässlich, wie hartgekochte Eier riechen.

Er blickt sich verlegen um.

Das Obst verursacht Sodbrennen. Vielleicht aber auch das dunkle Brot, wer weiß.

Gerade will er aufstehen, da steuert eine Hotelangestellte in Uniform lächelnd auf ihn zu.

Eine Hitze steigt ihm ins Gesicht.

Was will sie von ihm?

Womöglich ist irgendetwas mit dem Zimmer nicht in Ordnung?
Oder er hat falsch geparkt?

Sie sollen ihn doch einfach in Ruhe lassen!
Ist das denn zu viel verlangt?

Sie entschuldigt sich für die Störung, aber er werde in der Lobby erwartet.
Er? Das kann nicht sein. Es muss sich um eine Verwechslung handeln.
Die junge Dame habe sich ausdrücklich nach ihm erkundigt, meint sie.
Ob sie ihren Namen genannt habe, fragt er leicht gereizt.

Das sei ihr nicht bekannt, sie solle ihm nur einen Besuch melden.
Er wisse nichts von einem Besuch und wolle auch nicht gestört werden.
Das Hotelmädchen, offenbar eine Auszubildende, errötet nun ihrerseits und macht sich entschuldigend wieder davon.

Unfassbar.
Womöglich wieder eine dieser Klatschblätter-Journalistinnen. Zweifellos die Schattenseiten des Journalismus. Noch dazu diese Anstandslosigkeit.
Diese Unmoral geradezu.
Wie wenige Tage nach Emilias Beerdigung.

Als er beim Gießen der noch nicht einmal verwelkten Friedhofsblumen am Grab seiner gerade verstorbenen Frau angesprochen wurde.
Nach seinem Befinden. Nach seinen Zukunftsplänen. Und ob er der Krebs-Forschung nun gänzlich den Rücken kehren wolle.

Wie er nach diesem schweren Verlust weiterzuleben gedenke.

Das alles nur, weil er Mitte der 1990er Jahre eine nicht unwichtige Entdeckung gemacht hat.
Und wohl auch wegen der Publikationen zur Taxol-Gewinnung und der beiden Bücher, die er vor einigen Jahren zu diesem Thema veröffentlicht hat.
Obwohl er angenommen hatte, längst wieder in Vergessenheit geraten zu sein.

Offenbar scheint er sich auch jetzt zu irren.

Er blickt verstohlen zur gläsernen Eingangstüre und erschrickt, als er seine Tochter entdeckt.
Sie schreitet weit aus und kommt schnurstracks auf ihn zu.
An ihrem Blick liest er wie immer ihre Stimmung ab. Sie ist ein offenes Buch. Zumindest für ihn.
Kurz vor einem Gewitter, würde er meinen.
Sie tritt an seinen Tisch und greift nach einem Stuhl.

Seit wann muss man um eine Audienz bitten, wenn man dich besuchen möchte, poltert sie.
Ich wusste nicht, dass du ...
Schon gut, Paps, warum verkriechst du dich hier?
Ich verkrieche mich nicht, ich ...

So, was dann?, unterbricht sie ihn erneut.
Ich mache Urlaub.
Dass glaub ich dir nicht, Paps.
Da kann ich nichts machen.
Du kannst doch nicht einfach wegrennen, ohne mir etwas zu sagen, tadelt sie ihn.

Vielleicht beginnen wir noch mal ganz von vorne, Emma, sagt er, Zeit für eine Begrüßung sollte doch wohl immer sein, findest du nicht: Hallo Töchterchen, wie geht es dir?

Ja, hallo, Paps, lass jetzt die Spielchen, ich hab schlechte Laune, ich habe mir Sorgen um dich gemacht, kannst du das vielleicht verstehen ... einfach so wegzufahren ohne ein Wort.

Ich wusste nicht, dass ich mich bei dir abmelden muss, Emm.

Du weißt, dass ich es nicht mag, wenn du mich so nennst, Paps.

Entschuldige.

Warum gehst du nicht an dein Handy?, knurrt sie.

Ich habe es gar nicht dabei.

Du hast es zuhause gelassen, fährt sie auf, das ist doch Wahnsinn! Wenn dir unterwegs etwas zustößt, was dann?

Er blickt sie schweigend an.

Ich sehe, du trägst noch immer dieses Shirt, sagt er, kennt diesen Typen überhaupt noch jemand.

Du lenkst vom Thema ab, Paps, aber ja, *Manhattan* ist immerhin in die Filmgeschichte eingegangen, erwidert sie.

Zu Unrecht, wie ich finde.

Möchtest du mit mir tatsächlich über Woody Allen plaudern, Paps?

Nein, er ist überschätzt, pseudo-intellektuell und verdorben, lohnt also nicht.

Aber er ist witzig, erwidert sie.

Nur für Leute mit passendem Humor.

Paps, lenk jetzt nicht ab, was ist los, warum bist du hier? Gerade hier!

Ich will ihr nahe sein ... es ist unser Hochzeitstag.

Aber Mama ist nicht hier, Paps, du wirst dich nur einsam fühlen.

Das tu ich sowieso, und überall.

Aber hier …

Hier sind die schönsten Erinnerungen entstanden, fährt er ihr ins Wort, hier waren wir glücklich, wirklich glücklich.

Ich glaube, du verklärst, Paps.

Du solltest nicht über Dinge reden, von denen du nichts verstehst.

Du glaubst, das tu ich nicht?

Ich war siebenunddreißig Jahre mit deiner Mutter zusammen. Davon fünfzehn verheiratet, die letzten und schönsten Jahre. Wie lange bist du schon verheiratet, mein Kind.

Sie verdreht die Augen.

Siehst du, sagt er, du hast keine Ahnung, wovon du redest, und das meine ich nicht wertend, es ist eine Tatsache.

Aber du weißt schon noch, dass Sven und ich seit sechs Jahren zusammen sind, wirft sie ein.

Ihr führt seit sechs Jahren eine Wochenendbeziehung, das ist nicht ganz dasselbe, entgegnet er, du wohnst in Lübeck und er in Hannover. Letztlich seid ihr mit euren Jobs liiert.

Du bist gemein, Paps, außerdem überschreitest du gerade eine Grenze.

Er hebt den Blick.

Du hast recht, Emma, es tut mir leid.

Schon gut, Paps, ich mache mir einfach Sorgen um dich.

Weshalb?

Er blickt sie eindringlich an.

Sie will etwas erwidern, wendet sich jedoch ab und schaut verlegen aus dem Fenster.

Eine fürchterliche Scham überkommt ihn in diesem Moment. Ein glühender Schmerz.

Eine tiefe und dunkle Traurigkeit.
Wie kann er ihr das antun, seiner Tochter – seinem Kind.
Sie alleine lassen.

Sie zurücklassen.

Er spürt Hass auf sich aufkommen in diesem Moment.
Sie ist zweiunddreißig, sie wird es schaffen, sagt er sich.
Und wenn nicht?

Er muss an etwas anderes denken, sonst kommen ihm die
Tränen. Das wäre schrecklich.
Er darf nicht vor ihr weinen.
Alles bereut er, alles, wenn sie so vor ihm sitzt. Seinen ganzen Plan. Sein ganzes egoistisches Vorhaben. Seine ganze
Verzweiflung.
Seinen einsamen Entschluss.

Wie kann er nur. Hier sitzt seine Tochter. Sein Kind.
Und er spürt ihre Sorge um ihn.
Wie kann er ihr das antun?
Was wird sie von ihm denken?
Wird sie es verkraften?

Wird sie ihn dafür hassen?

Du bist ein Schwein, schimpft er sich. Ein Egoist.
Aber das warst du schon immer. Denk nur an die Jahre der
Kongresse. An die Groupies, die an den Hotelbars herumlungerten, um einen hochrangigen Wissenschaftler abzuschleppen, auf der Jagd nach einem schnellen Abenteuer.
Und wie ich es genossen habe, dieses Anhimmeln und
scheinbare Begehren. Stets mit schlechtem Gewissen zwar,
doch genossen habe ich es. Wie ekelhaft.

Und Emilia?

Hat sie etwas geahnt?
Jedenfalls hat sie nie nachgefragt oder herumgebohrt. Stets hat sie gewartet, bis ich von selbst mit der Sprache herausrückte, wenn mich etwas bedrückte, egal worum es ging.
Und wenn nicht, hat sie es akzeptiert.
Ich bin ein Schwein, wie konnte ich nur!

Woran denkst du, Paps?
Er zuckt zusammen.
Nichts Wichtiges, antwortet er hastig.
So siehst du aber nicht aus.

Wollen wir später zusammen essen?, fragt er.
Das geht leider nicht, bin sozusagen auf der Durchreise.
Geschäftlich?
Sie blickt ihn entschuldigend an: Ja. Zürich.

Irgendwie ist er froh darüber. Ihre Anwesenheit irritiert und belastet ihn.
Wieder spürt er den Impuls zu weinen. Wie soll er sich so angemessen vorbereiten.
Er will nicht abgelenkt oder durch ihre Anwesenheit und sein schlechtes Gewissen daran gehindert werden.

Am Ende kommt er noch von seinem Plan ab.

Sie lebt ihr eigenes Leben, schon lange, sagt er sich, und gleich wird sie aufstehen und wieder darin verschwinden.
Wie oft haben sie sich im vergangenen Jahr denn schon gesehen.
Das lässt sich an einer Hand abzählen.
Den Tod ihrer Mutter hat sie jedenfalls erstaunlich gut weggesteckt, findet er.

Schade, Emm, dachte, wir könnten wenigstens noch gemeinsam essen.

Tut mir leid, Paps, ich muss am Nachmittag in Zürich sein, ich werde beim Verlag erwartet.

Er hebt fragend die Augenbrauen.

Der neue Autor hat es in die Bestsellerliste geschafft, verkündet sie.

Glückwunsch!, sagt er.

Sie lächelt stolz.

Wie lange willst du hier bleiben?, fragt sie.

Ein paar Tage, denke ich.

Dann werde ich ein Mal täglich hier im Hotel anrufen und mich nach dir erkundigen. Hörst du?

Er strafft den Rücken.

Ich bin kein Kind mehr, Emm, entgegnet er, das ist peinlich, ich bitte dich.

Keine Chance, Paps, antwortet sie, du bist selbst Schuld, hättest dein Handy nicht zuhause lassen dürfen.

Sie erhebt sich und schiebt ihren Stuhl zurück an den Tisch.

Er steht ebenfalls auf, doch lange nicht so schwungvoll wie seine Tochter.

Dann mach dir ein paar schöne Tage, Paps, sagt sie und kommt in seine Umarmung.

Sie tätscheln einander den Rücken.

Dann drückt er sie fester an sich und sagt leise: Ich liebe dich, Emma, pass auf dich auf.

Sie hält einen Moment inne.

Dann erwidert sie, ebenso leise: Ich liebe dich auch, Paps.

Sie küsst ihm die unrasierte Wange und legt noch einmal zärtlich und fürsorglich den Arm um ihn.

Steht dir gut, lächelt sie, das Drei-Tage-Ding in deinem Gesicht.

Dann wendet sie sich zum Gehen.

Vielleicht kaufst du dir in Zürich ein neues T-Shirt, meint er flapsig und wischt sich mit einer raschen Bewegung über die Augen.
Sie dreht sich um und streckt ihm grinsend die Zunge heraus.

Sie hat denselben Gang wie ihre Mutter, denkt er.
Überhaupt sieht sie ihr auf erschreckende Weise ähnlich. Jetzt erst recht, ein wenig aus der Ferne, mit diesem Schalk im Gesicht. Und dann dieses mädchenhafte, etwas kokettierend rebellisch Herausfordernde in den Augen.

Gerne hätte er sie gefragt, ob sie glücklich ist.
Mit ihrem Leben.
Mit ihrem Beruf.
Mit Sven.
Ob sie an Kinder denkt.
Und weshalb sie noch keine haben.

Aber er hat es sich nicht getraut. Noch nie.
Warum eigentlich nicht?
Es gibt ein zu spät –
für Alles.
Das weiß er.

Er lässt sich wieder in seinen Stuhl sinken und kann nun nichts mehr entgegensetzen.
Weinend wendet er sich zum Fenster.

Auf dem Wasser glitzert verschwenderisch die Sonne.

**Der Brief**

Als er sich erheben und endlich den Frühstücksraum verlassen will, kommt die Hotelchefin an seinen Tisch.

In ihrem Blick nimmt er eine Mischung aus Betroffenheit und Scham wahr.
Er möchte auf der Stelle unsichtbar werden.
Nicht *noch* ein solches Gespräch, denkt er.

Vielleicht eines über Literatur ... oder Musik, das wäre einmal etwas anderes.
Er wüsste so viel über Brahms zu berichten, oder über Ingeborg Bachmann. Warum will nie jemand *darüber* mit ihm sprechen.
Oder ein Mal nur, ein einziges Mal nur jemandem begegnen, der etwas über Gertrud Kolmar zu erzählen weiß. In seinem ganzen Leben ist ihm das noch nie passiert.
Wie traurig.

Nur immer die Frage, wann wir endlich den Krebs besiegen.
*Wir.*

Als ob auch nur ein einziger der Fragenden je etwas zum Kampf gegen den Krebs beigetragen hätte.
Wo ist überhaupt das Thema in der Gesellschaft geblieben?
Der Flüchtlingskrise gewichen?
Dem Gender Wahnsinn?
Der Klimakrise?
Dem Krieg vor der europäischen Haustüre?

Den Queer Symposien?

Es tut mir sehr leid, meint die Hotelchefin, ich habe eben erst von Ihrem schrecklichen Verlust erfahren.
Er gibt ihr mit einer Geste zu verstehen, dass sie sich nicht zu entschuldigen brauche.
Sie entschuldigt sich dennoch noch einmal und erkundigt sich, ob sonst alles zu seiner Zufriedenheit sei.

Er erwidert, dass wie immer alles bestens sei. Er werde sich bemerkbar machen, sollte etwas nicht in Ordnung sein.
Die Hotelchefin lächelt, sichtlich zufrieden und beruhigt, und wünscht ihm noch einen angenehmen Aufenthalt.

Angenehm ist ihm seit Emilias Tod nichts mehr.
Aber er will nicht klagen, schon gar nicht jammern. Er verachtet diese ewigen Jammergestalten, die sich voller Selbstmitleid nur in ihrem eigenen Lebensbrei wälzen. Wie Fliegen, die sich aus einem Teller Suppe herauskämpfen. Oder aus einem fetten Klecks Ketchup.

Dass er nicht mehr Leben möchte ohne sie, hat nichts mit Charakterschwäche zu tun.
Oder mit Feigheit, Mutlosigkeit oder Schwäche im Allgemeinen.
Nicht einmal mit Ungeduld.
Es ist schlicht eine mit Vernunft und klaren Gedanken getroffene Entscheidung.
Und pure Willenskraft.

Oder macht er sich vielleicht doch etwas vor?

Er findet, der Mensch sollte diese Entscheidung frei und selbstbestimmt treffen können.
Keine Kirche und kein Ethos sollte sich dabei einmischen dürfen.

Letztlich werden wir schon nicht gefragt, ob wir überhaupt in dieses Leben geworfen werden wollen. Also sollten wir doch wohl wenigstens unser Ableben selbst bestimmen können.

Die These, dass wir uns unsere weltlichen Eltern aussuchen, um unser Karma zu erfüllen, hat er schon immer für Nonsens gehalten.
Warum sollte sich eine Seele Eltern wählen, bei denen sie Qual erlebt, Vergewaltigung, Missbrauch oder Folter.
Und sogar einen viel zu frühen, gewaltsamen Tod.

Weil es dabei noch etwas zu lernen gibt? Zu büßen?
Oder wieder gut zu machen?
Und deshalb wird man also stetig wiedergeboren? Notwendigkeit auf dem Weg zur Erleuchtung?

Welches krude Gehirn hat sich denn ein solches Konzept ausgedacht.
Ihm ist mit diesem einen Leben schon genug aufgebürdet.
Wenn er sich vorstellt, wieder und wieder geboren zu werden ... du meine Güte, wie unmenschlich und grausam.

Nicht einmal als Tier oder Pflanze würde er wiedergeboren werden wollen.
Wenn man ihn allerdings dazu zwingen würde, gäbe es nur eine einzige Alternative für ihn:
Als Eintagsfliege.

Dann doch lieber das völlige Aus und Nichts.

Oder das geschenkte, ewige Leben des Christentums.
Wobei, wenn er es sich recht überlegt, ist auch das keine sehr angenehme Vorstellung –
*ewig* zu leben.

Was von alldem ist wahr?

Seine eigenen Vorstellungen zählen natürlich nicht.
Es muss eine Wahrheit unabhängig von seiner Vorstellung
von Wahrheit geben.
Die alte, nicht beantwortbare Frage:
Was ist Wahrheit?

Schließlich sollte man die Religion nicht als spirituellen Ge-
mischtwarenladen betrachten, in dem man sich nach Lust
und Laune bedienen kann.
Er grinst mit einem Anflug von Bitterkeit.

Emilia hatte in dieser Sache ihren Standpunkt.
Für sie war *Golgatha* der Ort der Wahrheit.
Zuweilen trat sie vor ihn mit tränenfeuchten Augen und
sagte: Ich will nicht, dass du verloren gehst.

Niemand geht verloren, erwiderte er dann.
Und wenn doch, sagte sie.
Dann küsste sie seine Stirn und legte sich schlafen. Sie er-
griff seine Hand und lies sie nicht mehr los.

Draußen, auf der glitzernden Wasserfläche, schießt in die-
sem Moment ein Motorboot vorbei.
Am Bug spritzt die schäumende Gischt auf.
Natürlich, fährt es ihm in den Sinn, er wollte längst wieder
auf seinem Zimmer sein.
Der Brief!

Emmas Besuch verwirrt ihn noch immer. Er fühlt sich
elend. Niedergeschlagen. Verzweifelt.
Muss er nicht um ihretwillen aufhören, nur an sich selbst zu
denken?
Wie lange sind wir unseren Kindern gegenüber verpflich-
tet?, fragt er sich.

Immer?

Er verlässt den Frühstücksraum und fährt mit dem Aufzug nach oben.
Die Luft im Fahrstuhl ist stickig, von einem schweren, blumigen Damenparfüm und billigem Rasierwasser erfüllt.
Er rümpft die Nase und ist froh, dass er die Blechkabine gleich wieder verlassen kann.
Außerdem ist das Licht darin unvorteilhaft, findet er.

Er sieht im Fahrstuhl-Spiegel älter aus, als er tatsächlich ist.
Aber vielleicht passt das Aussehen ja auch zu seinem Alter.
In jedem Fall aber sieht er bei weitem älter aus, als er sich fühlt, so viel kann er mit Bestimmtheit sagen.

In seinem Zimmer angekommen, holt er Schreibpapier und einen Füllfederhalter aus seiner Reisetasche. Er zieht den Vorhang beiseite.
Wenn er sich an den kleinen Tisch setzt, um den Brief zu schreiben, will er ein Stück Himmel sehen. Wenn er schon nicht aufs Wasser blicken kann.

Er setzt sich und starrt auf das weiße Blatt.

Wie soll er beginnen?


*Liebe Emma,*

*ich hoffe, du kannst mir verzeihen ... irgendwann.*


Nein, so geht das nicht.
Er zerknüllt das Blatt und wirft es in den Mülleimer unter dem Tisch.

Er schließt die Augen, überlegt, beginnt von Neuem.

*Liebe Emma,*

*kaum kann ich Dir zumuten, dass Du von meiner Tat erfahren wirst ...*

Nein, so auch nicht! Das klingt geschwollen.
Wieder zerknüllt er das Blatt, diesmal mit einem Anflug von Wut, und wirft es erneut in den Mülleimer.

Abrupt steht er auf und geht im Zimmer umher.
Wie der Panther in Rilkes Gedicht, denkt er.
Hin und wieder wirft er einen Blick in Richtung Schreibtisch.

Später, sagt er sich, ich werde es später noch einmal versuchen.

Er schlüpft in seine Schuhe. Streift sich eine Windjacke über und verlässt das Hotelzimmer.
Am Ende des Flurs entdeckt er Liljana, die mit ihrem Putzwagen den Gang entlangschlürft.
Ihre Bewegungen sind beschwerlich, sie wirkt müde. Sie schließt ein Zimmer auf und verschwindet darin.

Gut, dass sie ihn nicht bemerkt hat.
Jetzt ein belangloses Gespräch mit ihr zu führen, das würde er nicht zustande bringen. Über das Wetter vielleicht ... oder über die katastrophalen Kopfkissen, die es leider schon seit Jahren im Hotel gibt.

Wobei, wenn er es sich recht überlegt, hätte er das schon längst einmal ansprechen oder einen Brief in den Beschwerdekasten werfen sollen.

Anonym natürlich, solche Gespräche sind ihm immer schon unangenehm. Lieber schluckt er seinen Ärger hinunter. So hat er es auch in seiner Ehe immer gehalten.

Er steuert aufs Treppenhaus zu, will den Fahrstuhl meiden. Erfolgreich schleicht er an der Rezeption vorbei.

Als er durch den Hinterausgang das Hotel verlässt, fällt ihm ein, dass er vergessen hat, seine Zimmertüre abzuschließen. Und auch das „No Room Service" Schild liegt auf dem Sideboard. Es sollte eigentlich für jedermann sichtbar am äußeren Türgriff baumeln.

Trottel!, schimpft er sich.

Er will kein gemachtes Bett, keine neuen Handtücher, niemanden, der durchs Zimmer geht und im Waschbecken die Überreste der Zahnpasta für ihn wegscheuert. Oder die kleinen Punkte mit Zahnpasta-Spucke vom Spiegel kratzt.

Das ist ihm unangenehm. Er will seine Privatsphäre.

Das ist allein meine „Kajüte", denkt er verärgert.

Einen Moment hält er inne.

Soll er noch einmal zurückgehen? Aber am Ende trifft er auf Liljana.

Oder sonst jemanden, der von seinem Schicksalsschlag gehört hat.

Die Hotel-Buschtrommel …

Er entschließt sich, seinen Weg fortzusetzen.

**Die Bucht**

Die Uferweiden werfen große Flecken flirrenden Schattens auf den Kiesweg.

Leichter Wind weht sanft durchs Blätterwirrwarr.
Er steht am Ufer und blickt nachdenklich aufs Wasser. Die Bläue erstaunt ihn.
Beinahe lagunenblau, denkt er.

Wie ein schnuppernder Hund hält er die Nase in den Wind. So nimmt er die Gerüche des Ufers wahr. Hat er schon immer so gemacht.
Angeschwemmte Algen und Fischkadaver. Und den Geruch der Steine, die von der Sonne beschienen werden. Nasse Stricke und Taue, die in der Sonne trocknen.

Und natürlich den unwiderstehlichen Duft des Wassers.

Wenn er als Hund wiederkommen müsste, denkt er, dann als Promenadenmischung.
Genau das ist er, eine Promenadenmischung, Emilia hatte recht.

Er verbirgt sich unter den ausladenden mächtigen Zweigen.
Warum will er nicht gesehen werden?
Komischer Kauz, würde Emilia lächelnd sagen, und ihm dabei liebevoll durchs Haar streichen.

Er spürt ihre schlanken Finger. Will sich umdrehen und in ihre Augen blicken, doch hält plötzlich inne.
Erstaunlich, wie uns unser Geist Streiche spielt, denkt er.
Fata Morganas der Seele, gewissermaßen.

Er überlegt, ob er den Ort heute schon aufsuchen soll:
Die Bucht.

*Ihre* Bucht.

Ist es eine gute Idee?
Zögerlich betritt er den Uferweg und lenkt seine Schritte nördlich.

Bei der verwaisten Bootsanlegestelle biegt er ab.
Der Pfad wird eng. Akkurat geschnittene Oleanderhecken säumen ihn. Wilde Montbretien schießen überall aus der Erde. Vom Ufer her vernimmt er das Rascheln der Weiden.

Wind in den Weiden, sagt er sich und denkt an das Buch, aus dem er der kleinen Emma vorgelesen hat. Wenn er zuhause war. Aber das war er wohl zu selten.
Zumindest hätte er öfter zuhause sein können.

Doch das ist lange her. All das berührt ihn nicht mehr.
Ohne *sie* ist es bedeutungslos, sagt er sich.
Sogar die Erinnerung.

Oder auch nicht, sagt er sich, denn die Schuldgefühle nehmen zu, je mehr er sich seiner damaligen Fehler bewusst wird.
Und Emma? Was war mit *ihr*?

Sie hatte zum Glück ihre Mutter, die immer und aufopfernd für sie da war.
Aber war sie das auch?

Er hatte zwar immer darauf vertraut, dass es so war, aber sicher gewusst hat er es nicht, dafür war er über Jahre viel zu selten zuhause.

Schluss jetzt! Hör auf damit!, schimpft er sich.

Er will jetzt nur zur Bucht, um sich zu überzeugen, dass sich dort nichts verändert hat. Dass sie nicht etwa überschwemmt ist. Und dass nicht irgendein geldgeiler Investor oder ein anderer Idiot ein Hotel darauf gebaut hat.
Selbst die Bretterbude eines Bootsverleihers würde ihn zur Verzweiflung bringen.

Alles soll wie immer sein – ruhig und verlassen.
Einsam.

So schnell wie möglich möchte er dorthin gelangen.
Glücklicherweise begegnet er niemandem. Als er bei den uralten Pappeln ankommt, die wie mächtige knorrige Riesen in einer Art Sumpflandschaft stehen, weiß er, dass er gleich an seinem Ziel sein wird.
Nur noch den kleinen Schilfgras-Hain umrunden, der gänzlich von meterhohem Schilf überwuchert ist, und aus dem wie immer aufgeregtes Entengeschnatter dringt.

Er geht langsamer, zögert einen Moment, und kämpft sich unter den bis zur Erde reichenden dicht belaubten Ästen nahe an eine meterdicke Uferweide heran.
Wie ein dichter Schleier hängen die endlos langen Zweige herab und werden am Boden zu einem weidengrünen Teppich.

Rapunzelbaum, hat Emilia diese Weide genannt.

In diesem labyrinthischen Weidenzelt wird ihn wohl kein Mensch bemerken, denkt er und tritt erleichtert aufatmend aus.

Als er jedoch ein Hinweisschild an dem Baum entdeckt, das genau dies untersagt, blickt er sich nervös um, bricht ab und macht sich eilig davon.
Wie ärgerlich, und vor allem höchst unangenehm, aber eine Anzeige fehlt ihm gerade noch.

Als der Inselpfad sich erneut vom Ufer entfernt und eine leichte Rechtskurve beschreibt, verlässt er ihn und bahnt sich zwischen Büschen und hohen Gräsern einen Weg.
Eine sanfte Böschung führt hinab in die Bucht.
Auf dem Weg dorthin entleert er an einer halb verkümmerten Birke endlich seine schon schmerzende Blase.
Ein Glück, dass währenddessen keine Wanderer auftauchen.

Da liegt sie also – die Bucht.

Wie ein langgezogenes, schmalbauchiges „S" schmiegt sie sich ans Wasser, das hier sehr seicht ist.
Man muss lange und über faustgroße Steine stolpern, bis man sich endlich ins Wasser gleiten lassen und schwimmen kann. Ohne Badeschuhe eine schmerzhafte Tortur.
Deshalb ist die Bucht bei Badenden auch so unbeliebt.

Aber er ist nicht gekommen, um zu schwimmen.

Als er weitergehen möchte, vernimmt er plötzlich ein Räuspern.
Ganz in der Nähe, gleich hinter dem nächsten wilden Brombeerstrauch, sitzt eine Frau auf einem Baumstumpf und schreibt etwas in ein Buch.
Sie grüßt ihn mit einem Lächeln.

Er spürt, dass er errötet.

Tut mir leid, räuspert er sich ebenfalls, und deutet mit einem schamvollen Blick zu der Birke.

Sie schüttelt verständnisvoll den Kopf und meint: Das ist nur Natur.

Er weiß nicht so recht, ob sie damit den Drang zum Austreten meint, oder den Ort, den er dafür gewählt hat. Vielleicht sogar beides.

Er nickt wortlos und geht an ihr vorbei.

Schönes Fleckchen Erde hier, sagt sie.

Ja, ein schönes Fleckchen ... um zu leben, und zu sterben, denkt er, gibt ihr aber keine Antwort.

Es stört ihn, dass diese Frau da hockt und offenbar in ihr Tagebuch schreibt.

Dass Frauen immer Tagebuch führen müssen, denkt er. Wenngleich die Frau hier für diese Teenager Attitüde eigentlich schon viel zu alt ist.

Wie auch immer, sie soll verschwinden.

Er will seine Ruhe haben.

Zumindest kann er sich davon überzeugen, dass Bucht und Steinstrand unverändert sind.

Auch das mannshohe Schilfgras schützt noch vor den Blicken der Spaziergänger und Wanderer, wenn man sich sein Plätzchen dahinter sucht.

Das ist gut so.

Aber was soll er tun, wenn sie auch morgen da sitzt und in ihr Tagebuch kritzelt?

Er blickt in den Himmel.

Die Sonne hat ihren Zenit überschritten. Ihr Licht fällt schräg in die Bucht.

Eine Möwe zieht in dem tiefen Blau ihre Kreise. Vielleicht sucht sie die Bucht nach etwas Fressbarem ab.

Müde sinkt er zu Boden und setzt sich auf die ungemütlichen, faustgroßen Steine.

Wie konnten sie das früher nur stundenlang aushalten, Emilia und er, lächelt er traurig.

Hier werden sie ihn also finden, denkt er.

Er stellt sich vor, wie der Arzt über diesen Steinstrand gehen wird. Und erst die beiden Kerle mit dem Sarg. Der reinste Eiertanz.

Sie werden ihn wahrscheinlich verfluchen, dass er sich gerade diesen Ort dafür ausgesucht hat.

Aber immer noch besser, als sich an Heilig Abend an einer Waldtanne aufzuknüpfen und zum Christbaumschmuck zu werden, wie das manche Rettungssanitäter abfällig bezeichnen.

Ich werde eine Strandleiche sein, sagt er sich.

Ein befremdlicher, ein schrecklicher Gedanke. Aber er hat seine Entscheidung getroffen.

Darf ich mich zu Ihnen setzen?, fragt die Frau, die plötzlich neben ihm steht.

Er fährt erschrocken herum und blickt auf. Bevor er antworten kann, setzt sie sich lächelnd neben ihn.

Herrlicher Anblick, nicht, sagt sie und deutet aufs Wasser.

Er nickt zögerlich.

Tut mir leid, dass ich Sie störe, aber ich sitze nun schon seit zwei Stunden hier und keine Menschenseele ist vorbeigekommen, ich dachte schon, ich sei allein auf der Welt. Es war deprimierend und irgendwie trostlos. Können Sie das verstehen?

Er schaut sie an.
Ohne es zu wollen entfährt ihm, kaum, dass sie ihre Frage gestellt hat, ein Lachen. Ein herzhaftes und sehr befreiendes Lachen. Eines, wie schon lange nicht mehr, sehr lange nicht mehr.

Sie blickt ihn erstaunt an und meint: Finden Sie das etwa komisch?
Nein, so war das nicht gemeint, bitte entschuldigen Sie. Ich dachte nur, ich komme her, um ... äh ... und Sie offenbar, um jemanden zu treffen.
Für wen halten Sie mich denn, erwidert sie erstaunt.
Oh, das war wohl schon wieder ein Fettnäpfchen, tut mir leid, betont er, mittlerweile ein wenig nervös, ich bin leider im Umgang mit Frauen ... mit Menschen ... aus der Übung.
Sie nickt zustimmend.

Schon gut, lenkt sie ein, schließlich habe ich mich Ihnen ja sozusagen aufgedrängt.
Das stimmt, denkt er, schweigt aber.
Sie starrt aufs Wasser.
Was schreiben Sie da eigentlich?, fragt er nach einer Weile, um das unangenehme Schweigen zu brechen.

Sie lächelt ihn an und sagt: Gedichte.
Gedichte?
Ja, Gedichte.
Wer schreibt denn heutzutage noch Gedichte?, fragt er verblüfft.
Viele, entgegnet sie, nur keiner liest mehr welche.
Er blickt sie einen Moment an, dann lachen beide gleichzeitig los.

Sie sind ... Lyrikerin?, fragt er, nun noch eine Spur verblüffter.
Dichterin!, erwidert sie.

Gibt es da einen Unterschied?

Nur den einen, dass ich das Wort „Dichterin" bevorzuge, meint sie.

Aha. Und worüber schreiben ... äh, dichten Sie?

Über alles.

Er räuspert sich, fragt aber nicht weiter nach.

Er will nicht ins Detail gehen. Und vor allem will er keine weitere Lebensgeschichte hören. Ihm reicht schon die eigene.

Man sieht ihr an, dass sie gerne über ihre Gedichte gesprochen hätte. Sie blickt ein wenig enttäuscht drein. Er reagiert aber nicht darauf.

Nach einer Weile sagt sie: Und Sie? Was machen Sie?

Ich war in der medizinischen Forschung tätig.

Ihr Gesicht nimmt einen neugierigen Ausdruck an.

Das klingt interessant, meint sie, spannend.

Das klingt spannender als es ist, erwidert er und wendet sich von ihr ab.

Ungemütlich, hier zu sitzen, meint sie etwas verlegen nach einer Weile, und sucht eine Sitzposition, die weniger schmerzhaft ist.

Ein wenig, bemerkt er, dafür ist man allerdings auch alleine hier ... meistens jedenfalls.

Während er spricht, nimmt er den Blick nicht vom Wasser.

Das ist ja auch kein Wunder, bei den Brocken, die hier rumliegen, entgegnet sie.

Sie scheint seine Anspielung nicht bemerkt zu haben.

Er könnte einfach aufstehen und sich verabschieden. Warum soll er höflich sein und das Gespräch mit ihr suchen? Sie stört seine Ruhe, seine Gedanken.

Doch zumindest weiß er jetzt, dass sich hier nichts verändert hat.
Wenn nur *sie* morgen nicht wieder hier sein wird.

Auf der anderen Seite der Insel sind die Strände freundlicher, betont er.
Ach ja?
Ja. Auf der Ostseite.
Ich bin erst seit heute hier, hab ein kleines Appartement im Städtchen gemietet. Hab mir vorgenommen, die ganze Insel anzuschauen, groß ist sie ja nicht, lächelt sie.
Er nickt und steht auf.

Ich wünsche Ihnen jedenfalls noch einen schönen Aufenthalt, sagt er.
Den wünsch ich Ihnen auch, erwidert sie sichtlich enttäuscht, vielleicht begegnet man sich ja noch einmal.
Ja, vielleicht.
Sie streckt ihm die Hand entgegen.

Warum diese persönliche Verabschiedung, fragt er sich, das muss doch nun wirklich nicht sein.
Unwillig erwidert er den Händedruck und erschrickt ein wenig.
Sie hat warme, kleine weiche Hände und einen angenehmen Händedruck. Fast so, als will sie etwas damit sagen.
Einen Moment hält er inne, lässt sich darauf ein, nimmt ihn bewusst wahr, dann wünscht er ihr noch einen schönen Tag und wendet sich ab.

Und wenn sie doch einmal Gedichte lesen möchten, ruft sie ihm nach, dann versuchen sie es mit Gertrud Kolmar!
Er bleibt abrupt stehen, dreht sich um und blickt sie mit einem Gefühl der Verwirrung und des Erstaunens an.
Es lohnt sich!, fügt sie lächelnd hinzu.

Danke!, ruft er ihr zu und versucht schleunigst die Böschung hinter sich zu bringen und den Trampelpfad zu erreichen.

## Der letzte Abend

Der westliche Himmel ist eine Art Schauspiel.
Ein Bild von Caspar David Friedrich.

Einige der Restaurantbesucher auf der Außenterrasse des Hotels blicken gebannt von ihren Tellern auf und starren nach Westen. Fasziniertes Raunen und Murmeln.
Malen müsste man können, denkt er kurz, nimmt dann wieder den Blick von dem, was sich da seit ungefähr einer halben Stunde am Himmel abspielt und isst einen Löffel von seinem Zitroneneis.

Emilia hätte ihre wahre Freude an diesem Naturschauspiel gehabt. Hoffnungslose Romantikerin.
Er lächelt über den Gedanken.
Sie hätte ihr Rotweinglas in das Abendlicht gehalten und den Lichtreflexen und Spiegelungen auf dem Getränk zugeschaut, dem Farbenspiel.
Und vielleicht irgendwann gesagt, ganz leise gesagt, lass uns nach oben gehen.

Mein letzter Abend, sagt er zu sich selbst.

Er spürt eine Beklemmung. Sein Hals ist wie zugeschnürt.
Das Atmen fällt ihm schwer. Auf seinem Brustkorb liegt ein zentnerschwerer Stein.
Erinnerungen strömen auf ihn ein, eine regelrechte Flut.
Ein Dammbruch an Bildern und Gefühlen, an gelebtem Leben.

Mittlerweile sind sie für ihn nichts als Heimsuchungen. Quälende, peinigende Bilder eines vergangenen, nie wiederkehrenden Lebens.

Ihm ist entsetzlich schwindelig.
Und zugleich, in all dem Chaos, in all der Verwirrung und Beklommenheit, gibt es eine Stimme, die sagt: Es ist gut so, tu es!
In diesem Moment sieht er die Frau aus der Bucht am Kai entlanggehen. Sie entdeckt ihn und winkt ihm lächelnd zu.
Hoffentlich kommt sie nicht herauf, denkt er.

Hoffentlich *kommt* sie herauf, denkt er im nächsten Moment, schockiert über diesen Gedanken.
Doch sie kommt nicht.
Mit verschränkten Armen hält sie ihr Notizbuch direkt vor der Brust. Ihr fliederfarbener Rock weht leicht im Abendwind. Der kühl ist, wie er findet.

Wie lange sitzt er schon hier?

Er weiß es nicht.
Gleich, nachdem er von der Bucht gekommen und den Brief geschrieben hat, ist er nach unten gegangen und hat sich auf die Terrasse des Hotelrestaurants gesetzt.
Einen Darjeeling nach dem andern getrunken und drei Stücke Kuchen dazu gegessen.
Und dann noch das Eis.

Er hat der Wanderung der Sonne zugesehen.
Und beobachtet, wie der Weg des Lichtes die Farbe des Wassers veränderte. Wie sich überhaupt der gesamte westliche Himmel ständig veränderte, im Glanz des allmählich schwindenden Lichts.
Lange hat er das Sonnenlicht genossen.

Jetzt friert er.

Zu dumm, dass er keine Jacke mit nach unten genommen hat.

Nahe beim Ufer setzt sich die Frau gerade auf die Kaimauer. Sie schlägt ihr Notizbuch auf und beginnt wieder zu schreiben.

Er fragt sich, worüber sie in diesem Moment schreibt.

Vielleicht über den Sonnenuntergang, diese verschleierte, fast mystische Melange aus Rostrot, Orange und Rosa, die den gesamten Westhimmel mit einer Art Magie bedeckt.

Dort drüben auf dieser Kaimauer sitzt also tatsächlich eine Frau, die von Getrud Kolmar gesprochen hat, denkt er. Unfassbar.

Und ihn interessiert es nicht mehr.

Oder doch?

Der erste Satz ihres Gedichtes *Nichts* fällt ihm ein.
*Du wirst dein Los in Gottes Waage sehn.*

Wird er das?

Er versinkt in Grübeleien.

Als er wieder aufschaut, ist die Kaimauer leer. Auf den Holzbänken bei der Anlegestelle sitzt sie auch nicht. Sie ist weg.

Quälend vermisst er Emilia.

Auf der Stelle will er sich ein Messer ins Herz rammen, damit dieser elende, gottverdammte Schmerz aufhört, ein für allemal aufhört.

Sein Blick fällt wieder auf den leeren Stuhl an Tisch Sieben. Emilias Platz. Stets reserviert für die Zeit ihres Aufenthaltes.

Nie wieder wird sie auf diesem Stuhl sitzen. Nie wieder auf diesem Stuhl lachen, speisen, ihren Rotwein trinken.
Nie wieder wird sie an diesem Tisch ihre Geschichten erzählen. Und nie wieder über Martin Luther King sprechen. Oder über Nelson Mandela. Über das Leben und die Liebe. Und über Gott.

NIE WIEDER!

Zur Hölle mit dem Leben, denkt er.

Nicht einmal an Emilias Seite hat er wirklich gern gelebt, das weiß er nur zu gut, doch dieser ganze erbärmliche Abwasch Leben war mit ihr wenigstens erträglich.
Sie war seine Hoffnung, sein Trost, ein Stück Heimat in der Verlorenheit.
Durch sie, und mit ihr, konnte er Widerstand leisten, den inneren Dämonen die Stirn bieten – und der Welt.

Drüben, am Horizont, tropft gerade letztes Scharlach ins dunkle Wasser.
Die Dämmerung naht.
Als ob jemand hinter dem Horizont das Licht dimmt.

Bald wird das Schauspiel vorbei sein.
Der Glanz wird erlöschen, das Licht verloren gehen. Die Farben werden einem Grau weichen, letztlich einer Schwärze.
Dann ist alles vorbei und nur noch Erinnerung.
Wie das Leben selbst.

Er will diesem Sterben nicht zusehen. Nicht einmal diesem.
Es hat gereicht, Emilia beim Sterben zusehen zu müssen.
Nie wieder will er jemanden sterben sehen, oder irgendetwas.

In ihrem Krankenbett ist er gelegen. In *ihren* Armen, nicht umgekehrt.
Ein letztes Mal hat sie ihn in ihre Arme genommen. Sie hat geflüstert, komm mein Liebling, komm zu mir.

Er hört ihre Stimme noch immer, ihr Flüstern.

Nimmt ihren Duft wahr, ihren wunderbaren Duft, das Fluidum seines Lebens, obwohl sie tagelang in dem Krankenhausbett lag, verschwitzt und nur leidlich gewaschen.
Seine Emilia. Seine Liebe.

Warum wird uns das zugemutet?, denkt er.

Nein, er will diesem Sterben nicht mehr zusehen.
Er erhebt sich, blickt sich nicht um, grüßt niemanden und geht zurück auf sein Zimmer.

*Dritter Tag*

## Der Morgen

Alle Knochen tun ihm weh.

Wie sollte es auch anders sein, wo er die halbe Nacht im Sessel verbracht hat.
Unruhig und mit schmerzendem Rücken schlafend, wenn überhaupt. Schlecht träumend und für lange Strecken nur dösend.
Das schafft einen.

Aber er konnte nicht mehr in dieses Bett liegen.

Noch vor dem Morgengrauen hat er sich ächzend erhoben und geht seither im Zimmer auf und ab.
Er grübelt, kaut auf den Lippen und macht sich Vorwürfe wegen Emma.
Was, wenn sie ihn dafür hasst?

Sicher, der Nachlass ist geregelt. Sie wird alles erben. Das Haus, die beiden Autos, und auch die Ferienwohnung im Pfälzer Wald sind längst auf sie überschrieben. Natürlich weiß sie nichts davon.

Wenn sie ihn nur nicht dafür hasst.

Er hat das Zimmer aufgeräumt.
Alles ist hergerichtet. Das Couvert mit dem Brief liegt auf dem unberührten Bett.
Das kleine braune Fläschchen steht vor ihm auf dem Tisch.

In der Nacht hat das Wetter umgeschlagen.
Der Himmel ist bleigrau. Es regnet leicht.
Am Fenster gibt es dünne Regenrinnsale. Auf den gegenüberliegenden Garagendächern haben sich kleine Pfützen gebildet.

Er fragt sich, ob Delinquenten tatsächlich am Tag ihres Todes noch eine Henkersmahlzeit zu sich nehmen.
Wenn *er* jedenfalls an das Frühstücksbuffet denkt, dreht sich ihm der Magen um.
Er erinnert sich an Victor Hugos Erzählung, die er als Jugendlicher gelesen hat. An den letzten Tag eines zum Tode durch die Guillotine Verurteilten.
Mit dieser Lektüre ist er zitternd und bangend in seinem Bett gelegen.

Er rasiert sich gründlich und duscht lange. Das Herzrasen ist kaum auszuhalten. Die Kehle, wie zugeschnürt. Das Atmen fällt ihm schwer.
Er zittert und steht, an die kalte Wand gelehnt, in der Duschkabine.
Das heiße Wasser schießt an ihm hinab.
Gleich sacken ihm die Beine weg.

Er muss aus diesem dampfenden Gefängnis raus.
Raus aus diesem Zimmer.
Raus aus dem Hotel.
Raus aus dem Leben.
Raus aus allem.

Die Hose von gestern ist in Ordnung, stellt er fest, aber ein frisches Hemd muss sein.
Schließlich hat er extra das Weiße dafür eingepackt.
Es fühlt sich steif und ungemütlich an. Aber er wird es ja nicht lange tragen müssen.

Er steckt das braune Fläschchen in seine Hosentasche und verlässt das Zimmer.

Der letzte Gang über diese Treppen, denkt er.
Doch er muss nach dem Treppengeländer greifen, innehalten. Der Stein, dieser schwere Stein auf seiner Brust ... die zittrigen, schwachen Beine.

Wird er es überhaupt bis zur Bucht schaffen?

An der Rezeption steht die Hotelchefin, telefonierend.
Man sieht ihr an, dass sie sich Mühe geben muss, freundlich zu sein. Sie wirkt gestresst.
Es gibt Menschen in diesem Beruf, denen es leicht fällt, entgegenkommend zu sein, weil sie entweder von Haus aus freundliche Menschen sind oder weil sie diesen Beruf gerne ausüben.

Diese Frau jedoch, so kommt es ihm schon immer vor, erfüllt weder das eine noch das andere.
Sie ist hier eigentlich fehl am Platz. Als sie ihn entdeckt, winkt sie ihn zu sich.
Sie gestikuliert und bedeutet ihm, dass dieser Anruf für ihn sei.

Es fährt ihm in den Magen. Sofort bricht ihm der Schweiß aus.
Das kann nur Emma sein!
Er winkt ab, formt mit den Fingern einen Telefonhörer, den er ans Ohr hält und gibt ihr zu verstehen, dass sie seiner Tochter sagen solle, dass er später zurückrufe.

Er wendet sich rasch ab und eilt zum Hinterausgang. Damit muss die Hotelchefin jetzt alleine klarkommen. Nicht ganz fair, aber es muss sein.

Er kann nicht mit Emma sprechen. Allein der Klang ihrer Stimme könnte ihn von seinem Vorhaben abbringen.
Sein Magen verkrampft sich.

Emma, seine einzige Tochter, sein Kind, was wird sie von ihm denken?
Wird sie je sein Grab besuchen?

Noch immer regnet es leicht.
Sofort bilden sich die Regentropfen als kleine dunkle Punkte auf seinem Hemd ab.
Ihm wird schlecht. Gleich muss er sich übergeben.
Er tritt hinter die Garagen des Hotelpersonals, wo ihn niemand sehen kann, und wartet darauf, dass er sich erbricht.

Aber es bleibt aus.
Also nimmt er den kürzesten Weg über den Hotelparkplatz zum Uferweg. Die Wasseroberfläche ist ein Wellenteppich mit millionenfachen Nadelstichen.
Der Regen nimmt zu. Niemand ist unterwegs.

Als er die Bucht erreicht, klebt sein durchnässtes Hemd an ihm.
Die Hosenbeine ebenfalls.

Zum Glück ist niemand außer ihm hier.

Am Wasser weht ein kühler Wind.
Er beginnt zu frieren.
Unsicher und mühsam geht er über den steinigen Strand zu seinem Platz nahe beim Schilfgürtel.
Vom hohen Schilfgras tropft der Regen.

Er räumt ein paar große und kantige Steine beiseite und setzt sich.

Im Rücken das Schilfgras; den grauen sanft wogenden Wellenteppich vor sich.

Auf der Wasseroberfläche schimmert und glänzt es in kleinen, sich unentwegt bildenden Kreisen von den unzähligen Regentropfen.

Doch er nimmt den Regen nicht mehr wahr.
Himmel und Wasser fließen am Horizont ineinander. Werden zu einem eisgrauen Vorhang, der sich vor sein Bewusstsein schiebt.

Dies ist sein letzter Blick auf die Welt.

Er nimmt das Fläschchen aus seiner Hosentasche.
Wie mühelos er es sich beschaffen konnte. Schockierend, im Grunde.
Ein paar Anrufe bei alten Kollegen, sodass natürlich keiner vom anderen wusste, und das notwendige Quantum war beisammen.
Dazu drei Substanzen aus seinem privaten Fundus, und nun hält er das Toxikum in den Händen, das ihn zu Emilia bringen wird.

Wie ein Blitzschlag aus heiterem Himmel trifft ihn der Gedanke, dass Emilia seine Tat niemals gutheißen wird.
Warum erst jetzt?
Er fühlt eine tiefe Schuld, jetzt nicht mehr nur seiner Tochter Emma, sondern auch seiner verstorbenen Frau gegenüber.

NEIN, niemals wird sie seine Entscheidung gutheißen.
Aber kann man das überhaupt?
Darf man die Entscheidung eines gesunden Menschen für einen Suizid auch nur annähernd gutheißen?

Aber ist er es denn ... gesund?, fragt er sich.

Bitte verzeih, flüstert er, bitte, ich kann und will so nicht mehr leben. Und bitte verzeih mir auch wegen Emma, hörst du, ich kann einfach nicht mehr.

Langsam schraubt er den Verschluss des Fläschchens auf. Er führt es an die Lippen, legt den Kopf in den Nacken und trinkt es bis auf den letzten Tropfen aus.

## Das Unglück

Er wundert sich, wie geschmacklos diese Flüssigkeit schmeckt, schraubt den Verschluss wieder auf den Hals und steckt es zurück in die Hosentasche.

Nichts.
Noch kein einziges Symptom.

*Warum* nicht?

Mittlerweile hat es zu regnen aufgehört.
Doch Hemd, Hose und Haare haften an ihm vor Nässe. Starker Wind kommt auf und rauscht in den Strandpappeln.
Eine Saukälte ist das, flucht er, verwundert, warum er noch immer aufrecht sitzt und rein gar nichts spürt.

Fröstelnd verharrt er noch einige Minuten und wartet weiter vergebens auf die Wirkung des Toxins.
Was ist schiefgelaufen?
Er ist völlig verwirrt, außer sich, flucht laut und schüttelt sich vor Kälte.

Ist tatsächlich sein Selbstmordversuch fehlgeschlagen?

Er beginnt zu lachen, erst leise, dann immer lauter, bricht letztlich in schallendes Gelächter aus und ist nicht mehr zu bremsen.
Irgendwann sinkt er entkräftet zusammen.

Liegt seitlich auf den groben, nassen Steinen und spürt, wie das Gelächter langsam in Weinen übergeht.
Schließlich heult er hemmungslos und schüttelt sich vor Weinkrämpfen.
Alles entlädt sich, der Damm bricht.

Später jammert er nur noch leise vor sich hin.
Eine Ewigkeit muss vergangen sein, bis er ganz verstummt.
Dann schläft er ein.

Erst eine schlanke, schnurrende, whiskeyfarbene Katze weckt ihn auf, die neugierig an seinem Gesicht schnuppert.
Erschöpft richtet er sich auf.
Sie läuft nicht davon, sondern will, noch immer schnurrend, von ihm gestreichelt werden.
Zögernd kommt er ihrem Wunsch nach, krault zuerst ihr Köpfchen und streicht dann in langsamen, gleichmäßigen Bewegungen an ihrem Rücken entlang.

Die Berührung des warmen Katzenkörpers und das weiche Fell des Tieres tun ihm gut.
Er beginnt mit der Katze zu reden.
Er weiß, dass die Begegnung mit einem Tier und dessen Berührung einen Menschen wieder erden kann. Und genau das spürt er in diesem Moment.
Schön, dass gerade sie ihn aufgeweckt hat. Und kein streunender Köter.
Er mag keine Hunde.

Sie blickt ihn etwas verärgert an, als er aufhört sie zu streicheln und sich mühsam aufrappelt.
Alle Knochen tun ihm weh.
Er verabschiedet sich von dem Kätzchen und bedankt sich für ihren Besuch.
Erst jetzt stolziert sie, ohne sich umzublicken, davon.
Warum sollte sie auch, sie ist eine Katze.

Völlig verwirrt und entkräftet macht er sich auf den Rückweg ins Hotel. Er muss warm duschen und sich frische Kleidung anziehen.
Außerdem muss er überlegen, was jetzt zu tun ist.

Er fragt sich, ob jemand von den Kollegen ihn bei der Bestellung hintergangen und das Falsche geschickt hat.
Aber wer?
Wer kennt ihn so gut?
Wer könnte vermuten, was er vorhat?

Der forsche Gang erwärmt ihn.
Sein Kreislauf kommt langsam wieder in Schwung. Seine Schläfen pochen.
Das Wetter hat erneut umgeschlagen. Die dunkelgrauen Wolkenmassen haben sich verzogen.
Aprilwetter im September.
Sogar die Sonne kämpft sich durch, will die Vorherrschaft über den Himmel haben.

Er muss jetzt einen ruhigen Kopf bewahren, sagt er sich.
Und muss im selben Augenblick an Robin Williams denken, daran, wie *er* aus dem Leben geschieden ist.
Könnte er selbst das, sich mit einem Gürtel am Türgriff erdrosseln?
Oder ist das schon erhängen?

Himmel, wie verzweifelt muss man sein, um das zu tun.
Und mutig.
Aber ist es denn überhaupt Mut? Oder treibt einen nur die pure, abgrundtiefe Verzweiflung zu einer solchen Tat?

Ihm bricht erneut der Schweiß aus.
Und jetzt?
Vielleicht ins Wasser?
Heute Nacht hinausschwimmen?

Bis zur Erschöpfung. Bis die Krämpfe kommen. Bis die Kältestarre nach ihm greift und ihn lähmt.

Soll er sich die Pulsadern aufschneiden?
Aber er hat ja nicht einmal eine Badewanne in seinem Hotelzimmer.
Was bist du doch für ein Idiot, schimpft er mit sich. Was brauchst du eine Badewanne, geh doch einfach ins Wasser und mach es dort.

Er wundert sich, dass ihm dies erst jetzt einfällt.
Und überhaupt, dass er mit Selbstmordarten spielt wie ein Jongleur im Zirkus mit seinen Bällen.
Er wird aus seinen Gedanken gerissen, als er in der Ferne eine Gestalt wahrnimmt, die auf einer Bank nahe am Ufer sitzt.

Sie kommt ihm bekannt vor.

## Die Rückkehr

Als er näher kommt, sieht er, dass es das Zimmermädchen ist.

Sie hat ihre Uniform abgelegt, trägt Zivil, und sieht irgendwie verändert aus. Auch ihr Haar trägt sie offen. Vermutlich hat er deshalb eine Weile gebraucht, sie zu erkennen.

Leider gibt es keinen anderen Weg zurück zum Hotel.
Er muss an ihr vorbei.
Doch vielleicht bemerkt sie ihn nicht, ist in die Szenerie vertieft, in den Blick aufs Wasser.
Auf dem das Sonnenlicht schwimmt und alles zum Glitzern bringt.

Bauschige Kumuluswolken stehen am Himmel und spiegeln sich auf der nunmehr wie glatt gestrichenen Wasseroberfläche.
So glatt wie das Leintuch seines Hotelbettes bei seiner Ankunft.
Im Moment herrscht Windstille.
Alles wirkt wie ein riesiges Gemälde. Zu dem auch die auf der Bank sitzende Gestalt gehört. Selbst der einzelne Schwan, der nahe am Ufer dahingleitet.

Nur er selbst passt nicht in dieses Bild. Sticht wie ein Fremdkörper daraus hervor.
Wie ein unverzeihlicher Fehler des Malers.

Er will sich an dem Zimmermädchen vorbeistehlen, doch da erhebt sie sich und kommt direkt auf ihn zu. Hat sie etwa auf ihn gewartet?

Er fährt zusammen.

Soll er einfach wieder umkehren? Sie brüskieren und ihr damit zeigen, dass er weder Interesse an ihr noch an einem Gespräch mit ihr hat?

Das wäre unhöflich, sagt er sich. Aber es wäre ehrlich.

Ist jetzt noch die Zeit für Anstand und Etikette?

Aber warum sollte man, wenn man weiß, dass man stirbt oder sich das Leben nimmt, zu einem Mistkerl werden?

Hätte er denn, wenn ein Arzt ihm noch sechs Monate Lebenszeit attestiert hätte, sein Gefühl für Anstand, Höflichkeit und Würde über Bord geworfen?

Wäre er in diesem Fall zu einem gefühllosen Bastard geworden? Zu einem, der über Leichen geht, nur weil er weiß, dass er bald selbst eine sein wird?

Könnte er überhaupt sein Gewissen in eine Schublade packen und die verbleibende Lebenszeit ohne Rücksicht auf Verluste abreißen?

Sollte man etwa Menschen nur deshalb keinen Schaden zufügen, weil man den eigenen Todeszeitpunkt nicht kennt, und weil dadurch eventuell Nachteile für einen selbst entstehen könnten?

Er fährt zusammen, als Liljana plötzlich vor ihm steht.

Ihr Blick geht ihm durch und durch. Verlegen und zugleich verärgert spürt er Tränen aufsteigen.

Nur keine Blöße geben, denkt er, nur nichts zu erkennen geben. Rein gar nichts hat er mit dieser Frau zu schaffen, warum sollte sie ihn also leiden oder gar weinen sehen.

Dass sie vor ihm steht und ihn fragend und mitleidig anstarrt, macht ihn jedoch verlegen.
Und stört ihn.
Sie soll verschwinden!

In seinem Kopf dreht sich ein Karussell. Ein Kettenkarussell in 55 Meter Höhe.
Alles wirbelt umher. Das nackte Grausen.
Panik.
Etwas sehr Dunkles steigt in ihm auf.

Dann wird es mit einem Mal dumpf und geräuschlos. Sein Kopf ist wie in Watte gepackt.
Die Welt weicht vor ihm zurück. Ihre Konturen verschwimmen, fließen dahin.
Alles wird zu einem einzigen Entweichen.

Seine Beine, was ist mit seinen Beinen?
Er spürt sie nicht mehr.

Alles wird dunkel.

## Liljana

Als er zu sich kommt, sitzt er mit ihr auf der Holzbank nahe beim Ufer.

Geht es wieder?, fragt sie besorgt.

Er blickt sich verwirrt um und weiß überhaupt nicht, wie er hierher gekommen ist.

Ihnen ist schwarz vor Augen geworden, erklärt sie, ich habe Sie hierher geführt, bevor sie für ein paar Sekunden weg waren.

Sie lächelt fürsorglich.

Er nickt und versucht sich zu sammeln. Sie soll ihn in dieser Verfassung nicht sehen.

Tief durchatmen, sagt sie, es ist alles gut.

Nichts ist gut, denkt er, aber auch gar nichts. Alles ist eine einzige riesige Scheiße. Ja, ganz genau, ein einziger monströser Haufen Scheiße!

Er will aufstehen und weggehen, aber es geht nicht. Sein Körper gehorcht ihm nicht.

Die Maschine hat ihren Geist aufgegeben, denkt er.

Ich habe das Fläschchen in Ihrem Schrank entdeckt, sagt sie unvermittelt, ich habe den Inhalt ausgeschüttet und Wasser eingefüllt.

Er zuckt erschrocken zusammen, weiterhin aufs Wasser starrend. Eine Entenfamilie schwimmt in sicherer Entfernung in sein Blickfeld.

Sie wühlen in meinen Sachen, erwidert er ohne sie anzublicken, machen Sie das immer so?
Es tut mir sehr leid, entgegnet sie und überhört den Vorwurf, ich hatte schon bei Ihrer Ankunft kein gutes Gefühl.

Soll ich mich jetzt etwa noch dafür bedanken?, sagt er.
Ihre Tochter wird es bestimmt, erwidert sie.
Sie entschuldigt sich sofort für diese Bemerkung.
Die Erwähnung seiner Tochter fährt ihm in die Knochen.
Und ins Gewissen.
Er blickt sie regungslos an.

Dann sackt er in sich zusammen.

Ich will nicht mehr leben ohne sie, sagt er. Wenn ich morgens erwache, sehe ich ihr Gesicht vor mir. Überall ist ihr Bild. Ich kann nichts mehr anschauen ohne *sie* zu sehen. Selbst dort drüben, an diesem Horizont, sehe ich ihr Gesicht.
Er deutet mit einer raschen Bewegung in die Ferne.

Aber ihre Tochter, erwidert sie.
Ich weiß, das ist ein Problem, sagt er.
Ein Problem?
Ich denke, Sie wissen, wie ich es meine.
Sie nickt.

Aber denken Sie denn kein bisschen an den Schmerz, den Sie ihr damit zufügen?
Ich denke fast unentwegt daran, betont er, aber es gibt keine Lösung. Sie ist erwachsen, ich denke, sie wird …
Sie wird nichts davon wegstecken können, unterbricht sie ihn, und sie wird es auch nicht verstehen. Sie wird nur den Schmerz spüren, und den Verlust. Alles, was ihr bleiben wird, ist ein Grabstein mit dem Namen ihrer *beider* Eltern. Wollen Sie ihr das wirklich antun?

Er schweigt.

Am Ufersaum sammelt sich der Schaum von kleinen Wellen, die unaufhörlich angespült werden. Ein einzelner Schwan stakst gerade an Land.
Die Eleganz, die er eben noch im Wasser besaß, ist nun völlig verflogen. Unbeholfen und ungelenk watschelt er über den steinigen Uferboden.

Wissen Sie, beginnt er, ich habe mir nicht vorstellen können, wie das Leben ohne meine Frau sein wird, als sie in ihren letzten Wochen zuhause war und meistens im Bett lag und schlief – und litt. Ich habe mir nicht vorstellen können, welche Lücke ihr Tod hinterlassen wird. Natürlich stellt man es sich schrecklich vor, unaushaltbar, und sagt sich, dass man ohne den Anderen nicht wird weiterleben können. Aber das ist nichts gegen die schreckliche Grausamkeit und Leere, die tatsächlich nach dem Tod des geliebten Menschen für den Zurückbleibenden herrscht. Wir leben, als würden wir ewig leben.

Liljana nickt.
Ich weiß, sagt sie, ich habe meinen Sohn verloren.

Er blickt sie betroffen an.

Vor zwölf Jahren schon, erklärt sie, aber dieser Schmerz vergeht nie. Man lernt nur mit ihm zu leben. Aber auch das kann man sich am Anfang nicht vorstellen. Es ist grausam. Noch heute fällt es mir schwer, an manchen Dingen wieder Freude zu haben, überhaupt *Freude* zu empfinden.
Das tut mir leid, sagt er, ein großer Verlust.
Ja, sehr, betont sie, und einen ähnlichen wird ihre Tochter empfinden.

Er wendet sich wieder von ihr ab und blickt zum Horizont, der sich in den letzten Minuten verdunkelt hat.
Das Wetter ist heute eine launische Diva, vielleicht kommt auch ein Unwetter auf, denkt er und zuckt unmerklich mit den Achseln.

Und das Schlimmste waren nicht die ersten Wochen, erzählt sie weiter, schlimm wurde es erst, als alle Menschen, die noch in der ersten Zeit für einen da waren, wieder in ihr Leben, in ihren Alltag zurückgekehrt sind. Und das wird Ihrer Tochter nicht anders ergehen.

Sie hebt die Stimme ein wenig.
Dann erst, fährt sie fort, ja, erst dann wird es wirklich grausam, denn dann ist man alleine, völlig alleine mit diesem unfassbaren Schmerz. Das ist eine Einsamkeit, die fast nicht auszuhalten ist. Eine Einsamkeit, die ich keinem wünsche. Das müssen Sie bedenken, wenn Sie diesen Weg gehen und ihn ihrer Tochter aufzwingen. Das ist verantwortungslos, finden Sie nicht.

Plötzlich wird ihre Stimme dünn und zerbrechlich.
Sie spricht in einem Tonfall weiter, der durchaus Widerspruch zulassen würde. Doch vermutlich erhebt er gerade deshalb nicht die eigene Stimme, um etwas zu erwidern oder gar einzuwenden.

Ich will Ihnen nicht versprechen, dass Sie wieder Freude empfinden werden, sagt sie, dass alles gut werden wird. Ich möchte auch nicht sagen, dass das Leben weitergehen muss. Dass es eben ist, wie es ist. Dass die Zeit die Wunde heilen wird und dieses ganze Zeug. Aber ich will Ihnen sagen, dass die Wunde in der Seele ihrer Tochter niemals heilen wird, das können Sie mir glauben. Es ist ihre Entscheidung, ob Sie es noch einmal mit Gift versuchen, ob Sie sich vor einen Zug werfen, vom Dach eines Hochhauses

springen oder sich zuhause in der Badewanne die Pulsadern aufschneiden. Ich will Sie nicht davon abhalten, verstehen Sie mich nicht falsch, aber ich möchte Sie dringend
davor warnen, die Seele ihrer Tochter für den Rest ihres Lebens zu verletzen.

Sie erhebt sich, während sie spricht, stellt sich vor ihn,
zwingt ihn sie anzusehen und blickt ihm direkt in die Augen.
Er spürt, wie er unter ihrem Blick errötet.

Denken Sie an Ihre Tochter, sagt sie eindringlich, wir haben
eine Verantwortung unseren Kindern, unseren Mitmen-
schen, sogar dem Leben gegenüber. Wir haben so viel er-
halten, wir dürfen unseren Liebsten nicht alles entreißen
und sie in den Abgrund stürzen. Denken Sie bitte daran. Alles Gute für Sie. Gott mit Ihnen.

Er spürt einen Kloß im Hals.
Er kann sich nicht dagegen wehren, obwohl er es versucht,
aber die Erwähnung Gottes wühlt ihn auf. Macht ihn einer-
seits wütend, andererseits spürt er eine Sehnsucht nach einem Ort des Friedens und der Geborgenheit, die ihn zu Tränen rührt.

Sie scheint es zu bemerken und lächelt verständnisvoll und
zuversichtlich.
Er blickt ihr nicht nach, vernimmt nur ihre leiser werden-
den  Schritte auf dem Uferweg und hört den Kies unter ihren Schuhen knirschen.

Der Schwan lässt sich in diesem Moment wieder ins Wasser
gleiten.
Erhaben und mit einer eleganten Leichtigkeit schwimmt er
davon.

**Der Schwan**

Er wischt sich die Tränen aus den Augen und blickt ihm nach.

Seine Bewegung ist geradlinig, geschmeidig, gleichmäßig, sehr elegant, und nicht auszumachen.
Wie von einer unsichtbaren Schnur gezogen.
Ein sehr schönes Tier, denkt er.

Emilia liebte Schwäne. Ihre Schönheit. Ihre Eleganz. Ihre Treue.
Oft saß sie still am Ufer und schaute ihnen zu.
Wenn ein Schwanenpaar vorbeiglitt, schaute sie über die Schulter zu ihm und lächelte ihn an.
Schau, dies Paar, sagte ihr Blick, wie wir beide.

Er nickte und lächelte zurück, doch oft nur halbherzig oder unaufmerksam. Ein wenig peinlich berührt wegen ihrer romantischen Ader. Besonders, wenn jemand in ihrer Nähe war und die Geste mitbekam.
Was für ein fürchterlicher Snob er doch war.
Jetzt würde er alles dafür geben, dieses Lächeln noch einmal zu sehen. Und wenn es nur ein einziges Mal wäre.

Der Schwan wird kleiner in der Ferne.
Das ist Emilia, denkt er, schneeweiß, schön, erhaben, elegant, dem Horizont entgegengleitend.
Doch ich niste in ihrem Gefieder, mich wird sie nie mehr los.

Adieu, meine Schönheit, flüstert er, meine Liebe, mein Glück und mein Glanz, schwimme zum nächsten Horizont, ich bin bei dir, ich werde dich immer lieben.

Noch eine Weile blickt er dem schönen Tier nach, dann wendet er sich ab und erhebt sich.
Sein Blick fällt auf das Strandhotel.
Er wird abreisen, sagt er sich. Wohin, das kann er noch nicht sagen, aber er wird weggehen.
Er kann hier nicht mehr bleiben, das spürt er.

Als er sich dem Hotel nähert, fährt er erschrocken zusammen.
Auf der Terrasse des Restaurants entdeckt er Emilia.
Sie steht in einem weißen Kleid an der kniehohen Balustrade und winkt ihm lächelnd zu.
Das kann nicht sein, denkt er schockiert, sie ist doch ...

Ein Atemholen lang schließt er die Augen und öffnet sie wieder.
Da setzt sie sich in Bewegung, geht die Steinstufen hinunter und kommt direkt auf ihn zu.

Emma!, ruft er.
Und ein Gefühl von Liebe und Dankbarkeit überflutet ihn.

Emma!

*Solange wir Worte finden,*
*haben wir einen Weg.*

## Weitere Titel von Klaus Zeh

### *Prosa*

Taxi *(Roman)*
Mozart oder der Fall des Harlekins *(Roman)*
Lisboa *(Roman)*
Trinity – Irische Begegnungen *(Kurzgeschichten)*
Hey Tonight *(Erzählung)*
Broker *(Roman)*
Strandhill *(Insel Novelle)*
Solange Worte atmen – Notizen aus dem Alltag
Blutschande *(Erzählung)*
Sophia *(Erzählung)*
Wer von beiden *(Dunkelfeld-Episoden)*
Fanad – Ein Aquarell in Worten *(Liebesgeschichte)*
Solas *(Inselkrimi)*

### *Lyrik*

Die Leichtigkeit des Windes *(Ostsee-Gedichte)*
An Ufern aus Jade *(Bodensee-Gedichte)*
Pontoon – oder wann immer ich hier sein werde *(Irland-Gedichte)*
Lichtinseln
Liebes Gedichte